일진의 크기

일진의 크기

글 | 윤필
그림 | 주명

4

네오
카툰

차례

제21화

■

익숙해졌냐?

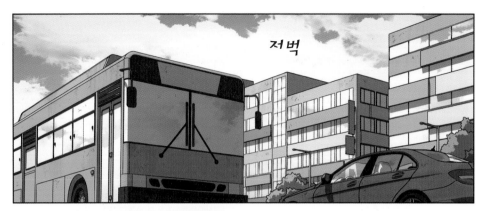

저벅

저벅

저벅

저벅

저벅

...오늘은

그동안 만나왔던 현주 씨에게 정식으로 고백하는 날.

후후.

내가 보기엔

너 같은 애들이
진짜 위험하다는 거?

자기한테는 절대
그런 일이 안 생길 거라고
생각하는

너 같은 애들….

네가 만약

내일부터 셔틀이 된다고 해도 그렇게 말할까?

...

어렵게
말한 건데.

오케이 할 거라고
생각은 안 했지만….

…어차피 서로 친한 사이도 아니었으니까.

여차하면 나 혼자라도….

응?

김원빈 선생님….

…내

인연이라고 생각했건만….

또 이렇게….

죄송해요, 선생님 전 탈모인은 매력이 없어서….

인사해야겠다.

선생님
안…

주르륵

…앗!

그것도
길 한가운데서
장미 꽃다발을
들고!

뭐… 뭐야?
울고
계시잖아!

저벅
저벅

…지금은
못 본 척해야겠다.

수군
수군

터벅

터벅

…

아~ 심심해.

뭐 재밌는 거 없냐?

야! 돈 좀 내놔봐라.

이게 죽을라고~.

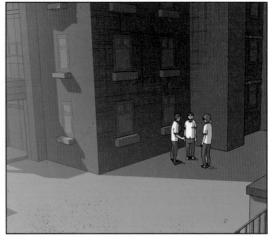

좀 전에 장신이 새끼 셔틀 짓 하는 거 봤냐?

응 기분 째지던데?

그 자식은 더 당해봐야 돼.

...

...장신이가 얼마 전에 나한테 와서 사과하더라.

그동안 괴롭힌 거 미안하다고

너희가 얼마나 힘들었는지 조금은 알 것 같다고.

체... 쳇! 이제 와서 무슨 소리야?!

어디서 감성팔이야.

혹시 너희한테는 사과 안 했어?

...

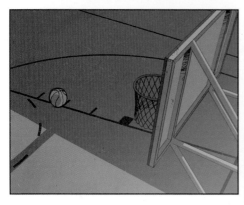

오~ 실내 체육관 시설 좋은데?

이렇게 좋은 시설에서 도박 따위나 하고~.

쳇! 맘에 안 드는 놈들.

...

착

슉

철썩

오~
들어갔다.

철썩

간만에 하니까
재밌네.

텅

텅

끼익

이번에는
좀 팔렸냐?

이런 X발
새끼들이~

누구한테
이래라 저래라야?

죽을래?

끼익

뭐 하냐? 니들.

EYE CATCH

너 저번 학교에서 사고 쳐서 전학 온 거라는 소리가 있던데.

괜히 욱하지 말고 얌전히 있다가 졸업해라. 응?

이놈이나 저놈이나

흭

쪽수만 믿고 까부는 자식들이!

…마음에
안 들어.

조용히 지내려고
했는데 하나같이
마음에 안 든다고.

너 같은 새끼한테
한 방에 병신 같은
꼴을 당한 나도
짜증 나지만

꽉

더 짜증 나는 건

그렇게 잘난 놈이

꽈악

나는 지금 약발
다 떨어진 놈이 얼마나
대단한지 한번
보고 싶거든?

이제 자존심도
없어졌냐? 엉?

잘난 척은 혼자
다 하더니~ 병신!
꼴좋다! ×발!

넌 이제
그 자식들
발바닥이나
평생 핥으라고!

...

퍽

알았….

앗!

나도
모르게….

미안.

44

네가 옥상에서
한 얘기 들었다.

그 새끼들 다
없앤다고 했지?

너 무슨
꿍꿍이야?

엉?

그 자식들 몰아내고
결국 네가 다시
똑같은 짓 하겠다는 거
아냐?

내 말이
틀리냐?

그리고 지금 나한테는 시간이 얼마 없어.

금방 끝낼 테니까 거슬려도 조금만 모른 척해줘.

부탁한다 민재홍.

젠장!

우선 장신 학생
부모님의 동의도
얻어야 하겠지만

그럼 당장
치료를….

분명히
고민해봐야 할 건

아직 임상실험 단계에
적용될 시약일 뿐
명확한 치료법은
아니라는 거다.

실험 결과가
좋을 수도 있지만
효과가 없으면
어떤 부작용이 있을지는
아무도 장담할 수 없어.

증상을 더
악화시킬 수도 있고.

자칫
잘못하면….

할게요.

할 거예요.

제 목숨을
걸어서라도
할 거예요.

제 22 화

■
내가
우스워?

…안녕
장신아.

어…

누구더라?
저 녀석.

헐! ㅋㅋㅋ

예전에
옥상에서~

아~
아~.

고새
까먹었어?
대박!

내가 머리가
빠가라서
깜빡했네.
ㅎㅎ

뭐 그건
그렇고.

야!
컴백 기념으로
간식 좀 사와라.

네가 없는 동안
우리 장신이가 얼마나
빵이친 줄 알아?

꿈틀

잘 먹을게.

그런데
저 녀석
이름이 뭐냐?

나도 몰라?
ㅎㅎㅎ

애들아.

윤식이 대신 내가 다녀올게.

이 녀석 다쳐서 깁스까지 했는데 들고 올 수나 있겠어?

과자랑 음료수랑 같이 먹을 만큼 사오면 되지?

…

오올~.

짝
짝
짝

역시 의리의 사나이!

대식아 짱신이는 앞으로 웬만하면 시키지 마.

어? 그럼 누굴 시키지?

뭘 그렇게
쳐다봐?

왜?
너네도 하고 싶냐?

병신들.

대식,
이제 됐지?

ㅋㅋㅋ
땡스.

수고들 했다.

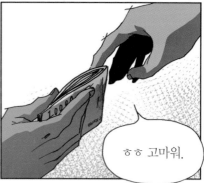

ㅎㅎ 고마워.

...

짱신아.

요즘 네가
날아다녀서
좋기는 한데

너무 이기기만 해서
배팅이 좀
별로네~.

그래서
말인데

다음에
한 번 져라.

좀 더 챙겨줄게.

헤헤.

다음에 또
하나 사야지.
ㅋ

아!

툭

뭐야!
젠장~!

이게
얼마짜린데!

어?
뭐야!

웅성

웅성

웅성

웅성

웅성

어이 짱신.

공책 좀
보자.

정수야 근데
장신이 공책은
왜 봤냐?

몰라~
임마.

…

장신이 자식
글씨랑 대자보 글씨랑
완전 달랐어.

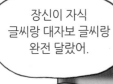

으득

지금 그런 짓
할 놈은 최장신
정도밖에 없는데….

젠장!
잡히면 죽었어!

그럼 어떤
녀석이야?

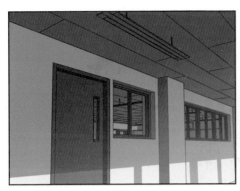

학교폭력 실태 전수 조사 설문지

친구들이랑 장난으로 몇 백 원씩 내기한 게 와전된 것 같다고

응. 알았어.

...

학진.

너 마스크가 은근히 거슬린다?

왜… 왜 그래? 갑자기.

...아니다.

툭 툭

내가 좀 예민해졌네.

뭐야?

뭐야?
세 명인가?

…아니

안에 몇 명
더 있는 것
같은데?

…최장신?

아니야.
다들 장신이보다는
컸어.

아니면
다른 셔틀 놈들…?

…

도대체
어떤 새끼
들이야?!

아~
오늘도 분위기
살벌하겠네.

지겨워.

그런데 승부 조작도 있었다며?

젠장! 어쩐지 자꾸 잃더라고.

그럼 결국 정수네가 제일 많이 먹었겠네.

아~ 내 돈!

그래도 많이 딸 때도 있지 않았냐?

그랬지 스트레스도 풀고.

아~ 말하니까 또 하고 싶네.

다른 거 또 뭐 없나~.

오늘 정수
기분 완전
안 좋은데?

조심해야겠다.

정수야.

안뇽~.

야.

내가 우스워?
엉?!

아니…
아니야!

시간이 꽤
늦었는데.

할 것도 없고
돈도 없고.

정수야
이제 그만
들어가봐야 할 것
같은데?

좀 더
이따 가라.

쳇.

요즘 자꾸
잡아두네~

턱

픽

제23화

■

다음번엔 네 차례다?

저 녀석
혼자인가?

어두워서
잘 안 보이는데.

아니… 저번처럼
뒤에 몇 놈 더
짱박혀 있을 수 있어.

하필
혼자 있을 때.

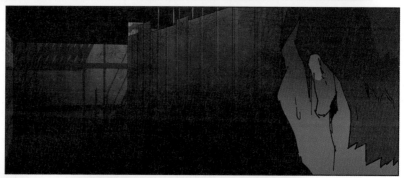

크윽…

젠장!

턱

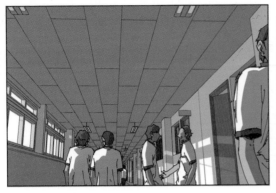

쌤!

퍽
올덩어리처럼 하얀
크림빵

내가 다른 거
사오라고 몇 번을
말해 엉?

벌써
세 번째네~.

정수자식
요즘 왜 저렇게
예민해?

힐끔

뭐? 분위기가 어떤데?

무슨 소식?

아니야~ 아무것도.

어? 아~.

사문쌤 경과가 좋아서 예정보다 빨리 학교 나오신다는데?

…!

크~ 역시 울버린!

똑똑한 놈이니까
말귀 알아듣지?

어이구~
귀여운 놈.

툭툭

…

오늘 배운
사회불평등과
사회계층구조를
끝으로

선생님
수업은 이것으로
마칩니다.

짧은 시간이었지만
그동안 함께해서
즐거웠어요.

아쉬워요.
쌤~.

...

누나.

하루 종일
뛰어다니는구나….

…답답한 놈들!

멀리도
배달 가네.

최장신?

쪽

...

선생님.

몸이 좀 아파서 교실에….

그래… 몸이 아프면 쉬어야지.

앗!

주번이랑 바꾸렴.

선생님이 아프신 것 같은데….

아… 출석부가 어딨지?

주섬

주섬

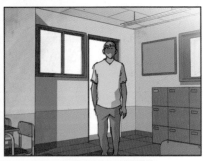

아까 그 자식 자리가 여기지?

은근히
신경 쓰이네.

뭐, 별것
아니겠지만

쳇! 뭐야?
사랑의 편지냐?

…별 내용
없는데?

모임 장소?

스윽

와버렸네.

…

쳇! 셔틀끼리
소풍이라도
하나보지.

나도 참
한가하네.

집에나 가야지….

저벅

저벅

저 녀석은 장신이랑 같은 반이었던 것 같은데.

저 녀석도 만나기로 했나?

뭐야?

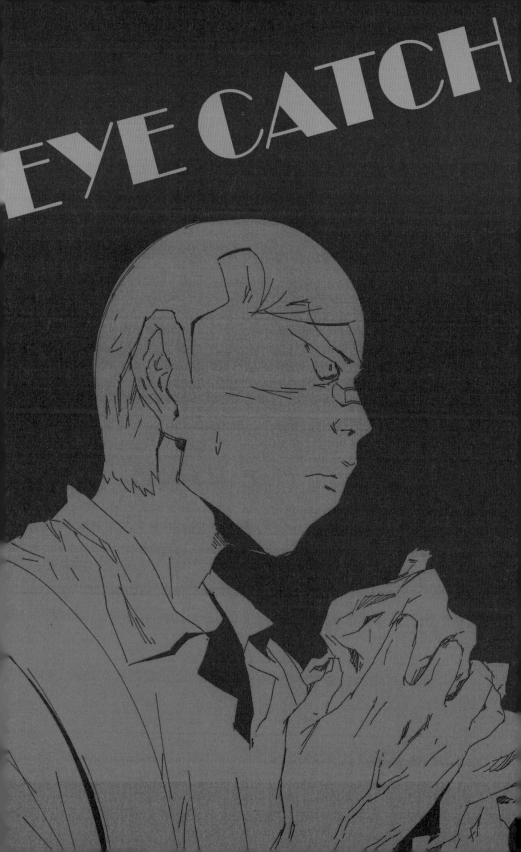

응?

재홍이
자식이잖아?

뭐야?
펀치머신 앞에서
기도하냐?

일진이 아무리 많아도
전교생에 비하면
몇 놈 안 돼.

우리가
모이면 쪽수에선
밀리지 않으니까

너희들은 필요할 때
뭉쳐서 모여 있기만 하면 돼
혹시라도 싸우는 건
내가 할 테니까.

...

...

...그건 네가
예전처럼 다시

일진 짓 하려고
하는 거 아냐?

마… 맞아
그러면 우리는
달라질 게
없는데.

실패라도 하면
어떡해?

…전에는
너희들 마음이
어떤지 전혀
몰랐어.

아니,
솔직히 아무런
관심도 없었어.

그냥 니들이
원래 그런 녀석들인
줄 알았어.

왕따도 당하고
셔틀도 하면서

다른 건 몰라도
이건 확실히
알게 됐어.

매 순간마다

아~ 진짜
요즘 너무하지 않나?

누가?

누구긴
누구야 정수
패거리들.

요즘은
셔틀이고 뭐고
다 건드리고
다니잖아.

하긴 요즘
패악질이 좀
심하긴 하지.

그냥 안 걸리게
조심하고 있어.

셔틀들만
건드리지
원칙이 없어.

아~ 짱나
정수가 일짱 되고
돈도 잃고.

쏴아아

안 그러냐?

네 친구랑
놀 거니까 화장실로
애들 좀 불러라.

...

안 가고
뭐 하냐?

아니면
네가 놀래?

다다다

...

뭐? 셔틀들만
건드리라고?

이런 이기적인
새끼~!

니들이 셔틀보다 뭐가 나아서 안 건드리는 줄 알아?

그냥 눈에 안 띄어서 신경 안 쓴 거지 붕신들아.

아무튼 오늘 같이 잘 놀아보자?

왔냐?

아! 맞다. 오늘 점심시간 끝나고 체육이지?

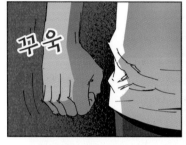

제24화
■

왜 그런 줄 알아?

마…

말했다…

너 방금
뭐라고 했나?

뭐라고?

웅성

웅성

…이제

안 할 거라고.

나한테
그런 거
시키지 마.

…처

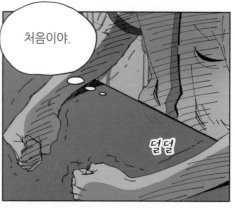

처음이야.

덜덜

내 입으로
안 한다고
말한 게.

덜덜

이런…!

허!
어이 상실이네.

이제
저 자식들이
때리러 오겠지….

이제
장신이랑 애들이
왔…?

뭐 하냐?

뭐 하냐고?
지금.

어! 정수야!

왔어?

이 새끼가
지금 개기고
있었는데….

존나 어이가
없어서 진짜~.

억!

다 보고 있었다.
병신들아~.

너희 같은
새끼들 때문에
요즘 애들이
기어오르잖아!

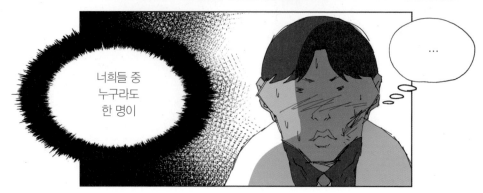

161

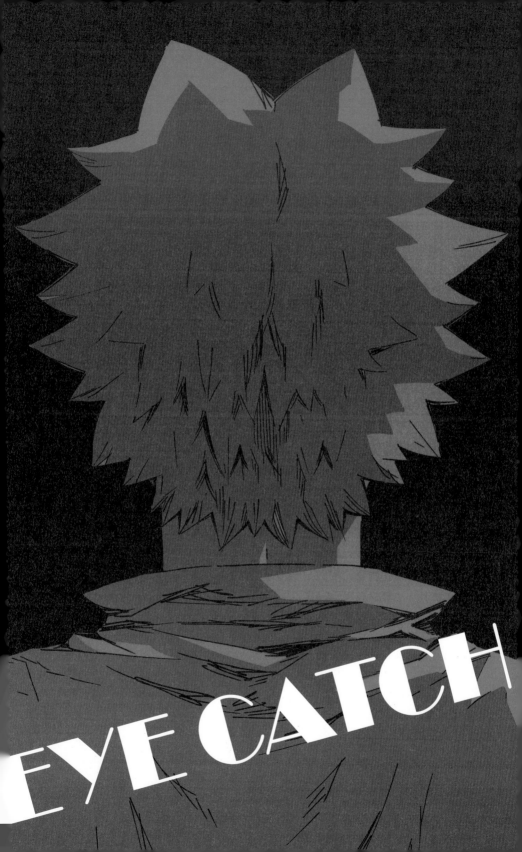

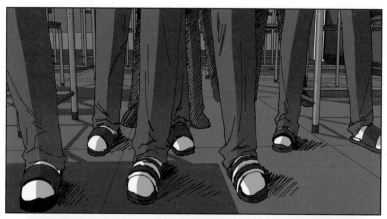

별로 다를 바 없는
내가 이런 말 할
자격 없는 거 같아.

그래서
부탁하는 거야.

너나 나나
박정수나

서로한테
조금씩 책임이
있어.

웅성

웅성

자! 이제
됐지?

아니.

되긴
뭐가 돼?

어설픈 꼼수
부리지 말고

나랑 내기
하나 하자.

…!

어이~
최장신.

너 나랑
일대일로 붙으면
여유로 이길 줄
아나본데~.

뭐 여럿이
다구리치면
나도 별로
자신은 없지만.

그동안
내가

검은 마스크 쓰던
자식들 네가
시킨 거지?

그 새끼들
제법이던데?

...

저기 있는 놈들 중
누구냐?

솔직히
존나 궁금해서~.

...다야.

제25화

■

왜 안 쓰러지는 거야?

팍

부웅

이 새끼
더럽게 잘
피하네~.

크윽!

퍽

휘청

훽

턱

201

ㅇㅇ....

퍽

이 ×새끼들아!

방해하지 마!

으…!

크으!

재홍이
너 왜…?

너 도와주는 거
아니니까
착각하지 마
이 새끼야.

그냥 저 자식들
하는 짓이

솔직히 말해봐.

지금까지 다구리 말고 일대일로 싸워본 적은 있냐?

한 번도 없는 것 같은데?

우르르 허세나 부릴 줄 알지.

이거 쪽수만 많고 완전 ×밥들 아니야?

이 새끼가…!

저 새끼 먼저 죽여!

뭐야…?

저 자식
지금

지금
뭐냐고…!

쩡수 너

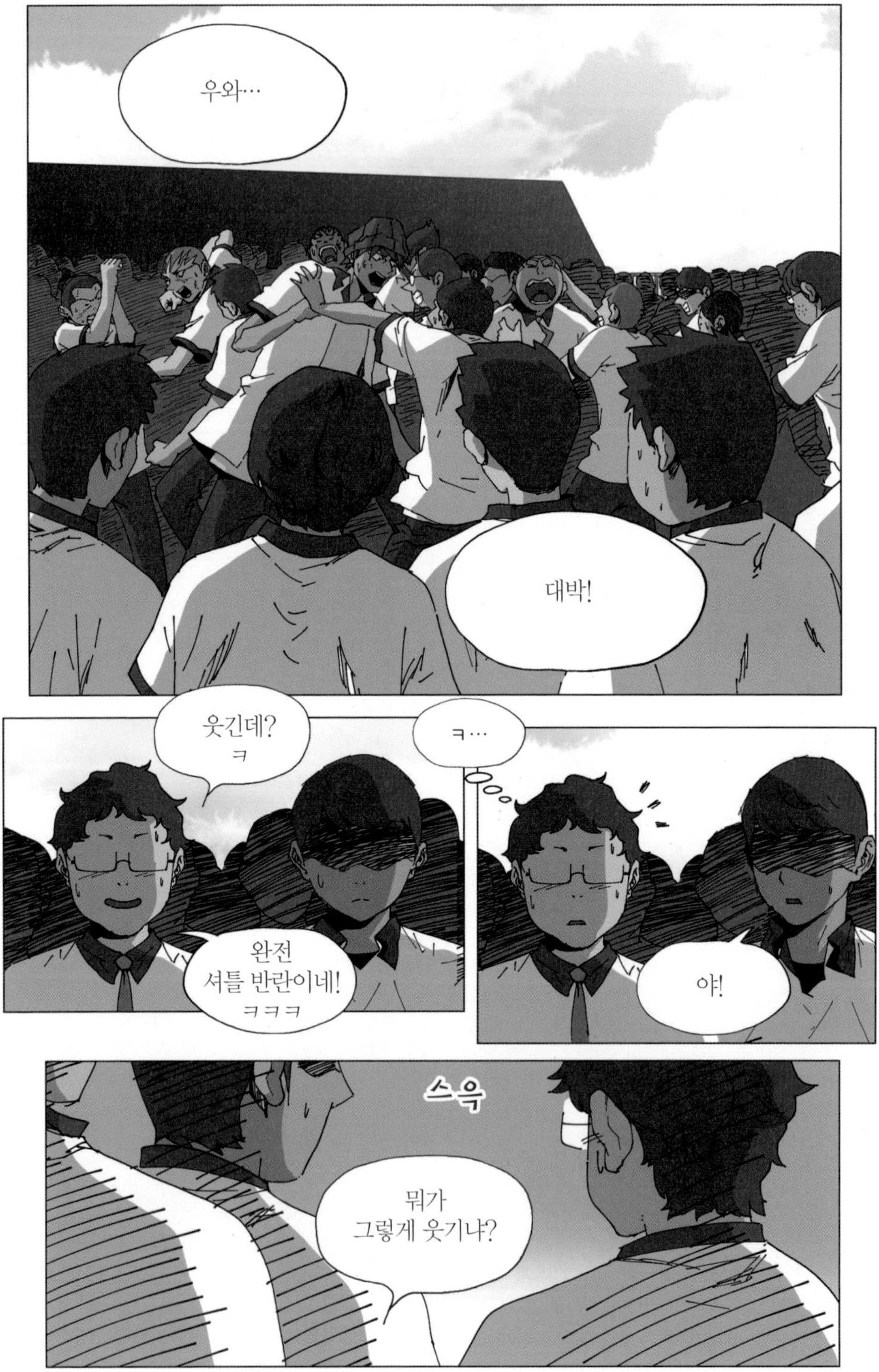
우와…
대박!
웃긴데?
ㅋ
완전
셔틀 반란이네!
ㅋㅋㅋ
ㅋ…
야!
스윽
뭐가
그렇게 웃기냐?

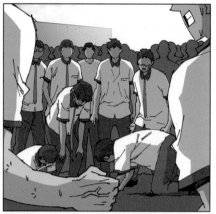

뭐 하는 거야
×팔···.

젠장!

헉   헉

스윽

박정수

넌 이제
끝났어.

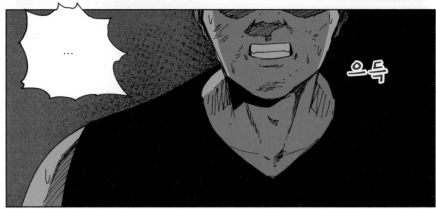

...

으득

사실 병이 나을 수도
있다고 해서
임상실험 중인
치료약을 먹었는데

내가 왜
안 쓰러지는지
가르쳐줄까?

쳇! 보다시피
키는 그대로고.

부작용은
장난 아니더라고.

망할
부작용이
뭔지 알아?

죽을 만큼
통증만
계속 나서

이제
웬만해서는 별로
안 아프더라고.

으어어…

이 좀만 한 새끼들아…

아아….

정수야

우리 이제

그만하자.

빠 악

…이제

일진 놀이는…

에필로그

새로 전학 와서
많이 낯설 테니까

서로 사이좋게 잘 지내고
저기 빈자리 가서 앉거라.

…쳇!

사이좋게
지내기는~.

일단 쉬는 시간에
기선 제압을 해야지.

저 자식이
만만하네.

안녕?

내가 전학 와서
학교 지리가 좀
낯설어서 그런데~.

어~
어디 가고
싶은데?

가고 싶은 게
아니고

너가 매점에
심부름 좀
다녀와라.

어이!
전학생.

그런
쓸데없는 짓
하려면

다시 전에 있던
학교로 가! 임마!

왜?
이 녀석이
니 셔틀이라
이거냐?

...

오~ 세 보이는데?
저 자식이 이 반
일진인가보다.

윤식아.

사문 교과서 좀 빌려줘라. 깜빡해서.

지금 없는데⋯. 형규야! 너 사회문화 책 있어?

재홍이가 좀 빌려달래.

어~ 그래~.

땡큐~ 그런데 윤식이 너 왼손잡이었냐?

어.

야...
나가자.

딴 데 가자.

그래….

…

야!

턱!

할 일 없으면

야!
마스크 보니까
생각나서 말인데.

예전에
왜 장신이 녀석
부탁대로
해준 거야?

가발이랑
교복까지
맞추고 말야.

…

뭐…

휴대폰 값을
두둑하게 줘서
그런 걸로 치지 뭐.

다다다

아 씨~
늦었다!

…가만!

쳇! 여자친구 만나러 가는 것도 아닌데 좀 늦으면 어때?

휴~ 숨차.

재홍아.

사내 자식들한테 미안해하지 말자.

여기야~ 여기.

지각했으니까 벌금.

어… 없어 임마!

…그런데

최장신은

일진이었다.

빨리 와
임마!

끝

END CARD #1

Thanks to
staff 이가람
만약 스튜디오

END CARD #2

일진의
크기 4

ⓒ 윤필·주명, 2015

초판 1쇄 인쇄일 2015년 7월 20일
초판 1쇄 발행일 2015년 7월 30일

글   윤필
그림   주명

펴낸이   정은영
책임편집 이책
편집   유지서 김보미 이수경
마케팅   이대호 최금순 최형연 한승훈
홍보   김상혁
제작   이재욱 김춘임

펴낸곳   네오북스
출판등록 2013년 4월 19일 제2013-000123호
주소   121-840 서울시 마포구 양화로6길 49
전화   편집부 (02)324-2347, 경영지원부 (02)325-6047
팩스   편집부 (02)324-2348, 경영지원부 (02)2648-1311
E-mail   neofiction@jamobook.com
커뮤니티 cafe.naver.com/jamoneofiction

ISBN   979-11-5740-114-7 (04810)
          979-11-5740-110-9 (set)

이 도서의 국립중앙도서관 출판예정도서목록(CIP)은 서지정보유통지원시스템 홈페이지
(http://seoji.nl.go.kr)와 국가자료공동목록시스템(http://www.nl.go.kr/kolisnet)에서
이용하실 수 있습니다.(CIP제어번호:CIP2015019492)

이 책에 실린 내용은 2014년 9월 5일부터 2014년 11월 21일까지 다음 웹툰을 통해 연재됐습니다.